Au-delà du monde de

SPIDERWICK

LA MENACE
GÉANTE

Catalogage avant publication de Bibliothèque et Archives nationales du Québec et Bibliothèque et Archives Canada

DiTerlizzi, Tony

    La menace géante

    (Au-delà du monde de Spiderwick)
    Traduction de : A giant problem.
    Pour les jeunes de 8 ans et plus.

    ISBN 978-2-7625-2892-3

    I. Black, Holly. II. Berganz, Fabienne. III. Titre. IV. Collection: DiTerlizzi, Tony. Au-delà du monde de Spiderwick.

PZ23.D7Me 2009   j813'.6   C2009-940185-1

Titre original :
Beyond the Spiderwick Chronicles

La menace géante (A giant problem), deuxième de trois livres.

Publié avec la permission de Simon & Schuster Books for Young Readers. Édition originale réalisée en 2007 par Simon & Schuster Books for Young Readers, propriété de Simon & Schuster Children's Publishing Division.

© 2007 Tony DiTerlizzi et Holly Black

© 2007, Pocket Jeunesse, département d'Univers Poche, pour la traduction et la présente édition.

© Les éditions Héritage inc. 2009 pour le Canada.

Conception : Tony DiTerlizzi et Lizzy Bromley

Dépôts légaux : 1er trimestre 2009
Bibliothèque nationale du Québec
Bibliothèque nationale du Canada

ISBN 978-2-7625-2892-3   Imprimé au Canada

Les éditions Héritage inc.
300, rue Arran, Saint-Lambert (Québec) J4R 1K5
Téléphone : 514 875-0327 – Télécopieur : 450 672-5448

Courriel : information@editionsheritage.com

Au-delà du monde de SPIDERWICK

Tony DiTerlizzi et Holly Black

LA MENACE GÉANTE

Traduit de l'anglais (États-Unis)
par Fabienne Berganz

EH Héritage jeunesse

Pour Harry, mon grand-père,
un inlassable conteur.

Holly

Pour tous mes parents et amis de Floride :
quelques dessins de la maison de mon enfance...
Cadeau !

Tony

Sommaire

Illustrations

C'est l'histoire d'un pays de légendes,
De trois enfants, d'un vieux manoir,
D'un livre magique, un grimoire,
Et d'un homme arraché aux siens.

C'est l'histoire d'aventures étonnantes,
D'une contrée imprévisible,
De maints dangers! Tellement proches…
… si perfides et tous invisibles!

Les enfants? Leur bravoure ont prouvé.
Le livre? Perdu, puis retrouvé.
L'homme? Rentré, mais disparu,
Sans un cri, tout seul, vers les nues.

Le Mal? Vaincu et terrassé,
Comme dans un conte de fées…
Heureuse fin, me direz-vous?
Que nenni! Car Tony et Holly

Ont eu vent de cette histoire.
Ils l'ont chantée dans tous les bourgs,
L'ont colportée la nuit, le jour,
Du Groenland à l'Afrique noire.

Nos deux compères ont enfermé
Tous leurs secrets dans un ouvrage:
Un guide qui, page après page,
Nous dévoile un monde enchanté…

L'histoire a vieilli. Elle s'est enrichie.
A puisé sa force au sein des érables,
Dans le tronc des pins, le cœur des bouleaux,
L'âme des mangroves, marais ancestraux.

Si d'aventure vous pénétrez
Dans l'une de ces grandes forêts,
Regardez bien! Car notre Terre
Recèle plusieurs univers…

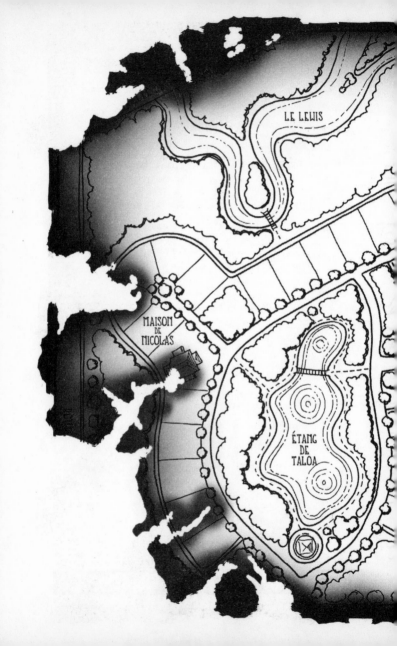

Comment les repère-t-on?

Chapitre premier

Où l'on en apprend
un peu plus sur les géants

Les vacances de Nicolas Vargas tournaient au cauchemar. Il était assis sur le perron d'une bicoque en ruine, au beau milieu des marécages, dans le sud de la Floride. Sa nouvelle « sœur » se tenait à côté de lui, un carnet dans une main et un dictaphone dans l'autre. Laurie : une enquiquineuse-née, prétentieuse et hystérique. C'est elle qui occupait à présent la chambre de Nicolas. Lui-même avait été relégué dans celle de son frère aîné, Julien. Bref, Laurie aurait pu remporter la médaille d'or au concours de la fille la plus nulle de la Terre.

Devant eux se tenait Jacquot le Miro, un vieux chasseur noir presque aveugle. Il leur faisait un exposé sur les… géants, bien plus rasoir qu'un cours de maths. Et Laurie qui ne cessait de lui poser des questions ! Juste pour prolonger le supplice de Nicolas.

— Les géants hibernent, expliquait Jacquot. Il faut s'en débarrasser avant qu'ils se réveillent. Après, c'est mission quasi impossible.

— Comment les repère-t-on ? demanda Laurie.

Le vieil homme grimaça un sourire :

— Facile ! Après cinq cents ans de sommeil, leur dos est couvert d'arbustes. Alors, quand vous croyez vous promener sur une colline aux étranges teintes argentées, en réalité vous arpentez le dos d'un géant !

— J'en sais quelque chose, marmonna Nicolas.

C'était en marchant entre les omoplates d'un géant que le garçon avait réveillé un de ces monstres. Il en avait réchappé de justesse.

On était en plein mois d'août, au milieu de l'après-midi. Il faisait lourd. Nicolas aurait tout donné pour retourner dans sa chambre climatisée et rallumer sa console de jeux.

Il regarda Jacquot le Miro. Comme les deux enfants, le spécialiste des géants possédait la Vue, qui permet d'apercevoir les créatures fantastiques. Sauf que le vieux chasseur distinguait à peine le visage rond de Nicolas : un voile blanc recouvrait l'iris de ses yeux.

Laurie remonta derrière l'oreille une mèche de ses cheveux blonds.

— Les géants savent-ils parler ? demanda-t-elle.

Jacquot hésita un instant.

— Ils communiquent grâce à des sons que les humains ne peuvent pas entendre, répondit le chasseur. Par contre, leur cri ressemble au roulement du tonnerre.

Ça aussi, Nicolas le savait déjà. Il suffisait qu'il y songe pour que son cœur se mette à tambouriner dans sa poitrine.

La jeune fille avait posé le dictaphone par terre et, consciencieusement, couvrait de notes les pages de son carnet.

— Arrête de faire comme si tu étais à l'école !
grommela Nicolas.

Laurie ignora sa remarque.

— J'ai recensé une trentaine de géants dans
la région, poursuivit le chasseur. Ça ne va pas
être de la tarte de les liquider !

Cette fois, Nicolas en eut assez :

— Bon, je rentre à la maison.

Laurie releva la tête et s'exclama :

— Tu ne peux pas faire ça !

— Je vais me gêner, tiens !

— Nous devons combattre les géants ! insista-
t-elle.

— À trois contre trente ? persifla-t-il. Je ne
suis pas Jackie Chan !

Il fallait reconnaître que Nicolas avait quelques kilos en trop...

Laurie réfléchit en suçotant son crayon, puis
s'écria d'un air joyeux :

— On n'a qu'à chercher du renfort !

— T'as raison ! ricana son demi-frère. Je
m'imagine déjà la tête des gens quand nous leur
dirons : « Venez chasser une armée de géants
cracheurs de feu ! Ce sera très amusant ! Nous

pourrons même faire la sieste à l'ombre des arbres qui poussent sur leur dos ! »

— Je suis sûre qu'on nous suivrait, s'entêta Laurie.

Jacquot émit un grognement dubitatif. Nicolas fixa la jeune fille d'un air effaré. Décidément, il n'arriverait jamais à la comprendre. C'était un cas désespéré.

— Déjà, on peut contacter Jared, Simon et Mallory Grace, reprit Laurie.

— Ils habitent à plus de deux mille kilomètres d'ici, lui fit remarquer Nicolas.

— C'est sûr, il faut trouver de l'aide, opina Jacquot. Mais c'est vous qui formez la relève. Alors, ouvrez bien grand vos oreilles.

Résigné, Nicolas soupira et s'assit dans l'herbe brûlée par le soleil.

Jacquot le Miro leur parla des géants qui creusent le sol pour dormir près des nappes phréatiques, des géants à deux têtes, des géants tellement en colère qu'ils créent des avalanches de pierres...

Quand le chasseur eut terminé son cours sur les monstres, il était presque l'heure de souper.

Le sourire de Laurie s'effaça.

Chapitre deuxième

Où Laurie et Nicolas reçoivent une visite inattendue

— Attention, virage à gauche ! s'exclama Nicolas en enfonçant un bouton de sa manette de jeu.

Sur l'écran, sa voiture accéléra et fit une queue de poisson à l'autre véhicule.

Laurie répliqua aussitôt : deux missiles jaillirent de son pare-chocs. Le bolide de Nicolas explosa. Une tête de mort apparut à l'écran. Elle éclata de rire et annonça :

— Peeerduuu ! Ouah ! Je m'améliore !

Laurie affichait un sourire triomphant.

— C'est vrai, marmonna Nicolas, qui se fichait de gagner ou de perdre.

Au moins, dans sa chambre, il se sentait en sécurité. Il y faisait bon. La pluie crépitait contre les carreaux, rendant flou le paysage au-dehors. Nicolas ne discernait même plus l'étang de Taloa, la naïade qui habitait dans le jardin. D'ailleurs, il ne voulait pas y penser. La créature le dégoûtait.

Une porte claqua au rez-de-chaussée. Des exclamations de colère fusèrent.

Le sourire de Laurie s'effaça.

— Tu as vu l'heure, Paul ? criait Charlène, la mère de Laurie. Tu avais promis de rentrer pour le souper !

— Je te rappelle que je travaille dans le bâti-ment, gronda le père de Nicolas. Si tu crois que c'est facile de poser une toiture sous la pluie...

L'adolescent sentit sa gorge se serrer.

Laurie posa sa manette, se leva et lança, pour tenter de dédramatiser les choses :

— Ils discutent, c'est tout…

— Tu veux que je te dise la vérité ? hurlait Charlène. Tu es marié avec ton travail !

Nicolas mit le casque sur ses oreilles, monta le volume à fond et commença une nouvelle partie. Il connaissait la suite : Charlène allait parler de la défunte mère de Nicolas, de

remariage, d'enfants, et de responsabilités. Il détestait quand elle évoquait sa mère.

Laurie lui enleva un des écouteurs et lui chuchota à l'oreille :

— Il faut qu'on descende !

— Fiche-moi la paix !

— Jacquot nous attend dehors, expliqua la jeune fille.

Elle attrapa sa sacoche et dévala l'escalier.

Nicolas enfila ses baskets et la suivit. Dans le salon, Charlène sanglotait. Lorsqu'elle aperçut

23

Jacquot le Miro se tenait sur le seuil.

les enfants, elle se leva et alla s'enfermer à clé dans son bureau.

Laurie n'avait pas rêvé : Jacquot le Miro se tenait sur le seuil. Avec son sourire édenté et son nez dégoulinant de pluie, il ressemblait à un assassin échappé d'un asile de fous.

— Vous venez, les enfants ? On a du boulot, fit-il.

— Qui êtes-vous ? l'interrogea le père de Nicolas d'une voix rauque.

— C'est… un ami de papa, improvisa Laurie. Un naturaliste. Il aimerait nous emmener à la plage. Des œufs de tortue sont sur le point d'éclore.

Il fallait reconnaître une chose : Laurie excellait dans l'art de la persuasion et du mensonge.

— Il est très tard, répliqua Paul en jetant un regard vers la porte du bureau où s'était enfermée Charlène.

— Oui, mais ça ferait un bon exposé en sciences, pour la rentrée, argumenta Laurie.

Deuxième bobard. Et comme Laurie s'efforçait d'être toujours la première de sa classe, Paul ne se méfia pas.

— Euh… Julien est parti surfer, intervint Nicolas. Il pourra nous surveiller sur la plage.

— Je préférerais, oui, maugréa son père. Ton frère a la tête sur les épaules, lui, au moins.

Jacquot émit un gloussement bizarre. À cet instant, Paul remarqua que le vieil homme était pieds nus et qu'il portait une machette à la ceinture. Il pâlit.

— L'ami de papa est un amoureux de la nature, débita Laurie à toute vitesse. Il vit un peu comme un homme des bois. La machette, c'est pour… pour couper des fruits.

Le visage de Paul reprit quelques couleurs.

— Soyez à la maison à vingt-deux heures précises, souffla-t-il en tendant son cellulaire à Nicolas. Et appelle-moi si tu ne trouves pas ton frère.

— Compris, dit le garçon.

Alors qu'il fermait la porte, la dispute entre leurs parents éclata de nouveau.

Les deux enfants suivirent Jacquot dans le jardin. Au loin, le tonnerre gronda. Nicolas jeta un regard vers l'étang bordé de nénuphars. La pluie tombait dru, dessinant des ronds de toutes tailles à la surface de l'eau. L'adolescent songea qu'il avait promis d'aider Taloa à retrouver ses sœurs... Il en parla au chasseur.

— Plus tard, fit Jacquot en traversant la pelouse.

Il se retourna et lança :

— Tu viens, Laurie ? C'est dans la forêt que ça se passe.

La jeune fille fouillait dans sa sacoche. Elle prit une gomme à mâcher qu'elle recracha presque aussitôt. Elle la colla sur la porte du garage, y fixa une feuille de papier sur laquelle elle avait écrit :

« JULIEN, TU ES CENSÉ NOUS SURVEILLER SUR LA PLAGE. PAS DE GAFFE, S'IL TE PLAÎT. »

— Tu es folle ? s'alarma Nicolas. Et si les parents voient ce message ?

— Aucun risque, rétorqua Laurie en rejoignant Jacquot à petites foulées. Ils vont s'engueuler pendant des heures.

Le tonnerre gronda plus fort.

Chapitre troisième

Où l'on assiste à un combat à la vie à la mort

Nicolas n'y voyait rien, malgré la pleine lune et les éclairs. Il avait glissé deux fois dans la boue et failli s'éborgner contre une branche d'arbre.

Devant lui, Jacquot le Miro marchait d'un pas assuré. Sa demi-cécité et l'obscurité ne paraissaient pas le gêner.

Lorsque le vieil homme et les enfants atteignirent la forêt, le tonnerre gronda plus fort. Le sol trembla.

— Nous… nous ferions mieux de rentrer, bredouilla Nicolas. Il ne faut pas rester sous les arbres pendant un orage !

— Ce n'est pas un orage, fiston, ricana Jacquot.

Il n'avait pas achevé sa phrase qu'un fracas épouvantable retentit quelques mètres plus loin. Nicolas s'élança dans cette direction… Il s'arrêta net, bouche bée.

Deux géants étaient en train de se battre dans la clairière. C'était un spectacle hallucinant. On aurait cru voir un tremblement de terre filmé au ralenti. Dans leur lutte, les colosses s'arrachaient l'un à l'autre les arbustes du dos ; des mottes de terre volaient autour d'eux. Atteint d'un coup de poing terrible, l'un d'eux ouvrit la bouche et mugit. Nicolas aperçut alors sa langue rose et une rangée de dents jaunâtres, éclairées par la lune.

— Je veux rentrer à la maison, gémit-il.

Mais ses jambes refusaient de bouger.

Le géant riposta en mordant son adversaire à l'épaule. Celui-ci poussa un cri de dinosaure blessé, recrachant une masse de terre. Une odeur de soufre emplit alors l'atmosphère.

— Ils ne vont pas nous voir ? articula Nicolas en tremblant de frayeur.

Jacquot sourit :

— Pas si nous restons immobiles.

— Pourquoi ils se battent ? demanda Laurie dans un souffle.

— Pour gagner leur territoire, expliqua le chasseur. Ils se sont réveillés au même endroit, au même moment. Cette clairière n'est pas assez grande pour les deux.

À cet instant, le plus costaud parvint à déséquilibrer son rival. Les géants s'effondrèrent l'un sur l'autre dans un vacarme assourdissant. Nicolas fut aspergé de boue de la tête aux pieds.

— On ferait mieux de décamper, murmura-t-il en s'essuyant la figure.

Le costaud gardait l'avantage. Il porta une volée d'uppercuts dans le flanc de son adversaire et lui asséna un coup de pied en plein visage. Malgré leur peau aussi épaisse que celle d'un alligator, le mastodonte se retrouva avec la joue balafrée.

— Regardez ! chuchota Laurie. Il n'a pas dit son dernier mot !

Le plus « petit » se redressa et saisit l'autre par la taille. Il le souleva et le projeta violemment

à terre. Les arbres se brisèrent comme des brin-
dilles, un palmier atterrit derrière Nicolas dans
un immense craquement, lui égratignant
l'épaule.

— Aïe ! hurla le garçon, avant de protester :
Ouille ! Non mais, ça va pas ?

Laurie venait de lui pincer la fesse pour le
faire taire.

Soudain, le silence se fit dans la clairière. Le
plus grand des géants était allongé, la face contre
terre. L'autre, accroupi dans la boue, reprenait
son souffle, mais lui aussi était mal en point :
Nicolas pouvait voir de vilaines écorchures sur
son visage.

— La chance nous sourit, chuchota Jacquot.
Il n'en reste qu'un. Profitons-en ! Il faut l'ache-
ver !

Nicolas regarda le chasseur, puis le géant,
dont l'énorme poitrine se soulevait et s'affaissait
au rythme de sa respiration.

— Vous plaisantez ? lâcha-t-il.

— Il est blessé, le pauvre ! commenta Laurie.

— C'est un *géant*, pas un bébé labrador ! lui
rappela Nicolas.

Pourquoi ils se battent?

Jacquot dégaina sa machette. Le garçon tenta de s'interposer :

— Maintenant que le géant a conquis son territoire, peut-être qu'il va se rendormir ?

Pour une fois, Laurie était d'accord avec lui :

— Il a l'air exténué, enchaîna-t-elle. S'il se remet à hiberner, on sera tranquilles pour cinq cents ans.

Le vieil homme sembla hésiter. Pas étonnant : d'habitude, il tuait des géants endormis. Cette fois, il s'agissait d'attaquer une créature éveillée. Blessée, mais éveillée.

Le chasseur gonfla la poitrine et s'exclama :

— Restez là, les gosses. Laissez faire le pro.

Le cœur battant, Nicolas regarda Jacquot le Miro s'approcher du géant à pas feutrés, lever sa machette et…

— Groumpf ! fit le géant en tournant la tête vers le chasseur.

D'un revers de la main, la créature expédia le vieil homme à l'autre bout de la clairière. Jacquot atterrit sur le sol comme un pantin désarticulé.

Sa machette alla se ficher dans un tronc d'arbre en vibrant.

Nicolas se précipita vers lui.

— Attention ! Le géant ! cria Laurie.

Mais, apparemment, la créature n'avait pas vu les enfants. Elle restait accroupie, sans bouger.

Jacquot réussit à s'asseoir en grimaçant, l'air hébété.

— Rien de cassé ? s'inquiéta Nicolas.

— Je vais avoir besoin d'une béquille, grogna le vieil homme.

Laurie lui trouva un long bâton. Jacquot

passa un bras autour des épaules de Nicolas et, en s'appuyant sur sa béquille de fortune, il parvint à se relever. Ils sortirent de la forêt, clopin-clopant. Laurie avait récupéré la machette, et elle leur fraya un chemin dans les taillis, jusqu'à la maison du chasseur.

Jacquot avait beau ne pas être bien gros, Nicolas se sentait exténué lorsqu'ils pénétrèrent dans la bicoque en ruine.

— Asseyez-vous là, ordonna Laurie au blessé en désignant un fauteuil défraîchi. Je vais approcher un tabouret, comme cela, vous pourrez allonger votre jambe. Pendant ce temps, Nicolas alla préparer une poche de glace dans la cuisine. En revenant dans le salon, il se cogna contre le bureau et fit tomber une pile de documents. Il s'accroupit, posa la poche de glace et ramassa les papiers éparpillés sur le sol.

Même s'il n'était pas curieux de nature, une vieille photo attira son attention : Jacquot tout jeune, un sourire éclatant sur les lèvres, tenait par la taille une ravissante fille d'une vingtaine d'années.

Après avoir reposé les papiers sur le bureau, Nicolas reprit la poche de glace et la plaça sur la cheville de Jacquot.

— Vous devriez rentrer chez vous, les gamins. Sinon, vous allez drôlement vous faire sermonner !

— Vous êtes sûr que vous ne voulez pas voir un médecin ? demanda Laurie.

— Déguerpissez ! ordonna Jacquot d'une voix lasse.

En refermant la porte du salon, Nicolas jeta un dernier regard sur les yeux laiteux, les cheveux blancs et la peau fripée du chasseur affalé dans le fauteuil.

Il repensa à la photo : ce ne devait pas être amusant de vieillir...

Julien attendait Nicolas et Laurie, assis sur le capot de sa voiture, les écouteurs de son baladeur fichés dans les oreilles.

— Je savais que tu n'étais pas un traître ! claironna Laurie en l'enlaçant.

— Merci pour le compli-
ment, grinça Julien. Où étiez-
vous passés ?

— Nos parents se sont
disputés, alors on est allés
faire un tour.

La jeune fille plongea la
main dans sa poche et en sortit un pendentif en liège en
forme de cœur. Au centre, il y
avait un autre cœur en plastique, qui s'ouvrait et où on
pouvait glisser une petite
photo.

— Je t'ai acheté ça, pour
te remercier de nous avoir
couverts, annonça-t-elle
en tendant le pendentif à
Julien.

Nicolas se demanda où elle avait trouvé une
telle horreur, mais il s'abstint de tout commen-
taire.

— Euh… trop sympa, bafouilla Julien en
accrochant le présent à son porte-clés. Merci.

Il descendit lestement du capot, tapota l'épaule de Laurie et disparut dans la maison.

La jeune fille sourit béatement. Au bout d'un moment, Nicolas, agacé, décida de la planter là et entra dans la maison.

*Le petit monstre fit un bond de côté
et enfourna la lettre dans sa bouche.*

Chapitre quatrième

Où l'on retrouve une créature couleur de sable

Nicolas ne ferma pas l'œil de la nuit : la pluie cinglait les carreaux, et Julien, à l'autre bout de la chambre, ronflait comme une locomotive. Il entendait au loin des mugissements effrayants, à mi-chemin entre le barrissement de l'éléphant et le grognement de l'ours. Les géants se réveillaient !

Sur la commode, ses maquettes de bateaux paraissaient s'animer à la lueur des éclairs. Nicolas regarda son drakkar enfin terminé. Il était minuscule. Aussi petit que lui-même l'était par rapport aux géants. Le garçon frissonna. Il l'avait échappé belle, dans la clairière !

Il fut heureux de voir le soleil enfin se lever. Il descendit prendre son petit-déjeuner. Mais alors qu'il mâchait tranquillement ses flocons de maïs, il eut l'impression d'entendre craquer la jambe de Jacquot, là-bas, dans la forêt. Il repoussa son bol. Il n'avait plus faim, tout à coup.

Par la fenêtre, il aperçut un animal traverser le jardin. Il se leva, ouvrit la porte d'entrée et découvrit une créature pas plus grosse qu'un chat. Elle avait éventré les sacs à ordures et triait les détritus. Quand elle dénichait un reste intéressant, elle le fourrait dans un petit sac à dos.

Dès que Nicolas fut dehors, elle s'arrêta et le fixa d'un regard étonné. Ses pupilles dorées, ses quatre pattes de poule, son ventre rebondi et sa fourrure couleur de sable lui donnaient une allure assez comique.

Nicolas avança vers la créature. Et, plouf ! il marcha dans un bol de lait. Le récipient se cassa, le garçon trébucha et s'affala sur la terrasse en ciment. Sa sandale de plage imbibée de lait qui s'était envolée lui retomba sur la tête.

L'étrange animal détala à toutes jambes.

C'est ce moment-là que Laurie choisit pour entrer en scène.

— Tu laisses souvent traîner des bols de lait sur le paillasson ? grogna Nicolas, se retenant de pleurer.

Il avait les mains et les genoux écorchés. Du lait lui dégoulinait sur le front, les joues et le menton, et il n'avait plus qu'une sandale. Il se sentait parfaitement ridicule.

— Les créatures féeriques adorent ça, répliqua Laurie.

Charlène, en robe de chambre, sortit à son tour.

— Je vais chercher de quoi désinfecter ces égratignures, dit-elle.

— C'est bon, chevrota le garçon. Je ne suis plus un bébé !

Charlène secoua la tête.

— Il faut te soigner, déclara-t-elle avant de disparaître dans la maison.

Furieux, Nicolas fusilla Laurie du regard. Elle s'excusa avec un petit sourire et lissa le devant de son pyjama mauve – celui avec les chats.

— J'ai revu cette drôle de créature, lui apprit Nicolas. La même qui avait rempli de sable la voiture de papa[1]. C'est elle qui renverse les poubelles !

— Et ton père qui croyait que c'était un raton laveur, l'autre jour... Il en ferait une tête s'il apprenait la vérité !

— Il ne manquerait plus que ça, bougonna le garçon en se tournant vers l'étang pour vérifier si Taloa avait décidé de se montrer. Mais... Regarde, Laurie ! Qu'est-ce qu'il fabrique, ce truc aux pattes de poule ?

1. Voir *Le chant de la naïade*.

Les enfants virent la créature ramasser quelque chose, puis le jeter dans l'étang.

Charlène revint sur la terrasse avec un flacon de mercurochrome et une boîte de pansements.

— Je t'ai dit que je n'étais plus un bébé, protesta Nicolas.

— Je sais bien que tu me détestes, riposta Charlène. Ce n'est pas une raison pour refuser de te faire soigner.

L'adolescent rougit jusqu'aux oreilles. Il ne détestait pas sa belle-mère. Il la trouvait juste un peu trop envahissante.

— Je pose tout ça sur les marches, reprit Charlène. Puisque tu es assez grand, essaie de ne pas mettre de mercurochrome partout.

Elle pivota sur ses talons et retourna dans la cuisine. Nicolas eut le temps de voir que ses mains tremblaient.

— Psst ! Nico ! l'appela Laurie. Dépêche ! La créature ne va pas nous attendre pendant cent sept ans !

Les deux enfants filèrent vers l'étang. Lorsqu'il les aperçut, le machin aux pieds de poule exécuta un pas de danse guilleret. Nicolas remarqua des morceaux de papier découpés dans un journal et coincés sous des pierres bien alignées dans l'herbe. En s'approchant, il vit qu'il s'agissait de lettres formant un message.

La créature fonça sur un des cailloux et s'empara d'une lettre. Elle jeta un coup d'œil à Nicolas, siffla et balança le papier dans l'étang.

— Arrête ! s'écria le garçon.

Il n'en croyait pas ses yeux : cette erreur de la nature le narguait ! Et voilà qu'elle recommençait avec une autre lettre ! Nicolas tenta de lui arracher le bout de papier. Raté ! Le petit monstre fit un bond de côté et enfourna la lettre dans sa bouche.

— Ce doit être Taloa qui nous a laissé ce message, supposa Laurie.

— Génial ! ronchonna Nicolas. Alors, viens m'aider à récupérer les lettres manquantes.

— Regarde… elle ne bouge plus.

— On dirait qu'elle n'a pas compris qu'on possédait la Vue, souffla l'adolescent.

— Essaye de t'approcher, l'air de rien, dit Laurie. Et pas la peine de siffloter en mettant les mains derrière le dos ! Un conseil : ne t'inscris jamais à un cours de théâtre, tu es trop nul.

Nicolas foudroya la jeune fille du regard et fit quelques pas vers la bestiole.

Soudain, Laurie plongea et plaqua le petit être au sol. Il poussa un bêlement paniqué et recracha la lettre. C'était un « R ».

— Va chercher une boîte, un coffre, n'importe quoi pour l'enfermer ! cria Laurie. Viiite !

— Va-t'en, l'humaine, va-t'en ! pleurnicha le captif en gigotant.

Nicolas se rua dans le garage et fouilla parmi les boîtes de vieilleries. La plupart, mangées par les souris et l'humidité, étaient inutilisables. Un coup de dents, et le petit monstre serait dehors.

L'adolescent se faufila entre les boîtes. Tout au fond du garage, il tomba sur les affaires de sa mère. Il retint son souffle et effleura le rabat d'une boîte, avant de le soulever d'un coup. Il recula.

Il y avait la perruque que sa mère portait quand elle avait perdu ses cheveux à cause de son traitement. Nicolas sentit une vague de colère monter en lui. Il donna un grand coup de pied dans la boîte, dont le contenu se répandit sur le sol.

Nicolas aperçut alors la cage en plastique qui était longtemps restée sur la commode de l'entrée. Idéale pour enfermer une créature déchaînée. Le garçon s'en empara, jeta par terre les faux oiseaux qu'elle contenait, et courut rejoindre Laurie.

Le truc aux pattes de poule se débattait en

bêlant comme un agneau apeuré. Assise dans la boue, Laurie avait passé les bras sous les aisselles de la créature et les jambes autour de sa taille, l'empêchant ainsi de s'enfuir.

— Ce n'est pas trop tôt ! pesta-t-elle.

Nicolas l'aida à faire entrer le petit monstre dans la cage. Aussitôt, celui-ci agrippa les barreaux et se lamenta :

— Humain peut voir ? Comment humain peut voir ? Comment moi pas voir que humain peut voir ?

Il se recroquevilla et se prit la tête entre les mains.

— N'aie pas peur, lui dit doucement Laurie. Quel est ton nom ?

— Parce que tu crois que ce machin porte un nom ? ironisa Nicolas.

— Que penses-tu de « Poule des Dunes » ? poursuivit la jeune fille.

La créature retroussa la lèvre et siffla.

— Non ? Et « Sablier » ?

Un petit gloussement s'échappa de la gorge du monstre.

Laurie se tourna vers Nicolas :

— Je crois qu'il aime bien ce nom.

L'adolescent examina la bestiole d'un air suspicieux. Il n'était pas du tout du même avis.

Ils vont tout écraser ! Viens !

Chapitre cinquième

Où les géants ne détruisent pas que des arbres

Maintenant qu'ils avaient capturé Sablier, Laurie et Nicolas pouvaient s'intéresser au message de Taloa.

Nicolas repêcha les lettres que la créature avait jetées dans l'eau. En plus du « R » à moitié mâché par Sablier, les enfants retrouvèrent « H-E-M-O-H-G-E-R » éparpillés dans les parages. La dernière lettre s'était envolée, et elle flottait au milieu de l'étang.

— Tu es bon au Scrabble ? demanda Laurie.

— Je me débrouille, répondit Nicolas.

Les lettres alignées sur l'herbe humide formaient deux phrases :

« J VAIS C ERC ER ES S URS.
VOUS LE RE ETTE EZ. »

— Le « E » va ici, affirma Nicolas. Et le « M »,
là. Ce qui donne : « JE VAIS » quelque chose
« MES » quelque chose.

— « JE VAIS CHERCHER MES
SŒURS », compléta Laurie en plaçant les deux
« H », le « O » et l'autre « E ».

Il restait deux « R », le « G », et la lettre man-
quante.

— « VOUS LE REGRETTEREZ »… murmura Nicolas en lâchant les feuilles.

— Nous devions aider Taloa ! s'écria Laurie.
Nous lui avions donné notre parole. S'il lui arrive
malheur, Nicolas, je ne te le pardonnerai jamais !

Elle courut vers la maison en emportant la
cage de Sablier.

Nicolas se sentait un peu coupable. Il avait
oublié la naïade aux mains palmées. Ça l'arran-
geait bien… jusqu'à maintenant.

Quand les enfants rentrèrent à la maison, Charlène et Paul prenaient leur petit-déjeuner. Nicolas, qui s'attendait à un sermon, fut étonné d'entendre son père lancer avec un sourire amusé :

— Je vois que vous avez fait une bataille de boue !

Il faut dire que Laurie avait les cheveux emmêlés et une tache brune sur le bout du nez. Son pyjama ressemblait à un chiffon de mécanicien. Avec son short trempé et du lait séché sur le visage, Nicolas n'avait pas meilleure allure.

— Non, on a capturé une créature féerique, répondit la jeune fille en brandissant la cage, qui, pour les deux adultes, était forcément vide.

En effet, le père de Nicolas se leva en s'essuyant la bouche.

— Je file au travail, annonça-t-il.

— Et moi, à l'épicerie, dit Charlène.

Elle regarda Nicolas avec inquiétude :

— Tu devrais vraiment te désinfecter les mains et les genoux !

— Je vais le faire, promit le garçon.

Il faillit ajouter : « Je ne te déteste pas, tu sais ! C'est juste que maman me manque, il faut que tu comprennes », mais les mots restèrent bloqués dans sa gorge.

Laurie s'enferma dans la salle de bain. Sûr qu'elle en aurait pour une bonne heure, Nicolas alla s'allonger sur son ancien lit, dans son ancienne chambre. De sa cage, le truc aux pattes de poule lui lança un regard implorant.

— Humain doit laisser sortir moi, bêla-t-il.

Nicolas fit « non » de la tête, attrapa le *Grand Guide du monde merveilleux qui vous entoure* et chercha à quelle espèce pouvait appartenir cette créature. Aucun dessin d'Arthur Spiderwick ne correspondait à ce qu'il avait devant ses yeux.

— Pitié-pitié-pitié ! gémit la bestiole. Humain est grand. Humain est fort. Moi tout petit. Pas fort du tout.

— Si tu ne voulais pas qu'on te capture, tu n'avais qu'à pas t'approcher de nos poubelles, gronda Nicolas.

— Moi obligé. Géants partout. Partout !

Le garçon sentit son estomac se contracter. Il murmura :

— Tu les as vus ? Combien sont-ils ?

— Humain doit laisser partir moâââ !

— Pas question ! Tu es la nouvelle poupée Barbie de Laurie. Tu seras superbe en robe de princesse.

Laurie sortit de la salle de bain, une serviette enroulée autour de la tête. Nicolas jeta un coup d'œil sur sa montre et siffla :

— Record battu ! Cinquante-trois minutes et vingt-six secondes !

Elle haussa les épaules et entreprit de se vernir les ongles des pieds.

— J'admire ton culot ! déclara Nicolas. Tu mens comme tu respires, et ça n'a pas l'air de t'empêcher de vivre.

— Je n'ai pas menti, protesta Laurie. J'ai *vraiment* attrapé une créature féerique. Et puis, quand on a, comme moi, un père trop occupé, on finit par s'en inventer un autre. Le père de mes rêves m'emmène au zoo. À Walt Disney World. À la patinoire. Il m'achète des cornets et des bonbons. Tu peux appeler ça un mensonge, si tu veux, je m'en fiche.

Nicolas se tut, songeur. Il avait toujours pensé que Laurie était une enfant gâtée. En fait, elle et lui avaient des tas de choses en commun.

La jeune fille releva la tête. Une goutte de vernis mauve tomba sur la moquette.

— En plus, depuis que je mens, je me sens beaucoup mieux, conclut-elle.

Mais, ça, Nicolas avait du mal à le croire.

Laurie décida que Sablier était un hobgobe-lin. Nicolas en doutait : les hobgobelins ont de grandes narines, des oreilles de chauve-souris et une paire de petits yeux supplémentaire. La jeune fille passa la matinée à tenter de nourrir la créature. Pas facile : Sablier n'aimait ni le fro-mage, ni le jambon, ni le beurre d'arachide.

— Tu as mis quelque chose à cuire ? demanda soudain Nicolas. Ça sent le brûlé.

— Non, je…

Un craquement suivi d'une détonation secoua la maison jusqu'aux fondations. Un cadre se décrocha du mur. Sablier poussa un hurlement perçant.

Nicolas se précipita à la fenêtre. Et, là, il faillit tomber à la renverse : deux géants se battaient au milieu du lotissement et crachaient des flammes orange ! L'un d'eux avait la joue balafrée : le monstre de la clairière ! Le garçon vit une mai-son en construction s'effondrer comme un châ-teau de cartes. L'odeur de brûlé s'intensifia.

Laurie sortit Sablier de sa cage, agrippa le poignet de Nicolas et s'écria :

— Ils vont tout écraser ! Viens !

Les enfants dévalèrent l'escalier et manquèrent de percuter Julien, qui rentrait en trombe. Le jeune homme avait les yeux rougis par la fumée.

— Il y a le feu à La Mangrove ! cria-t-il.

— On sait ! hurla Nicolas pour couvrir le vacarme des maisons qui s'écroulaient. Faut pas rester là !

Julien fit demi-tour et ouvrit la porte d'entrée à la volée, juste au moment où un géant trébuchait contre une maison. Le monstre s'affala de tout son long, réduisant en poussière quatre pavillons d'un coup. De rage, il envoya un jet de flammes. Deux autres villas s'embrasèrent.

Laurie et Nicolas foncèrent dans la rue. Ils enjambèrent une cheminée, zigzaguèrent entre les débris en toussant. Accroché au cou de Laurie, Sablier meuglait de terreur.

Soudain, ils entendirent un bruit de moteur et un crissement de pneus. La voiture de Julien s'arrêta à côté d'eux.

— Montez ! cria le jeune homme, les mains crispées sur le volant.

Les enfants s'engouffrèrent dans le véhicule. Julien appuya sur la pédale d'accélérateur et démarra si violemment que les portières se refermèrent toutes seules.

Une pluie de blocs de ciment s'abattit sur la chaussée devant eux. Julien freina, donna un coup de volant, et rasa une bétonnière renversée. Des gravats crépitèrent sur le capot. Une brique défonça le toit de la voiture. Laurie hurla. Nicolas sentit son cœur lui remonter dans la gorge.

Dans le rétroviseur, Julien lança un regard assassin à son frère et à sa nouvelle sœur :

— Ça fait longtemps que vous êtes au courant, pour ces monstres ?

— Q... quoi ? bégaya Nicolas. Tu veux dire que tu peux les voir, toi aussi ?

— Ils mesurent plus de trois mètres de haut ! Il faudrait être aveugle pour les manquer ! cracha Julien.

Nicolas avala sa salive et regarda par la vitre. Tout brûlait autour d'eux. Encore quelques heures, et La Mangrove ne serait plus qu'un champ de ruines.

Ce matin, j'ai vu une... une chose dans l'océan.

Chapitre sixième

Où un chasseur change
son fusil d'épaule

La route qui partait du lotissement était sinueuse et couverte de gravillons. Fonçant à toute allure, Julien faillit envoyer la voiture dans le décor à deux reprises.

Quand il s'arrêta quelques kilomètres plus loin, dans le parc de stationnement du centre commercial, Nicolas eut du mal à maîtriser les tremblements qui secouaient son corps.

Plusieurs voyants rouges clignotaient sur le tableau de bord : le moteur fumait. Les gens allaient et venaient sans prêter attention aux trois adolescents terrorisés qui occupaient la petite voiture verte au toit troué. Ils entassaient leurs achats dans le coffre de leur véhicule et rentraient tranquillement chez eux.

— Personne n'est blessé ? haleta Julien.

— Non, répondit Laurie.

— Même pas ce truc blotti contre toi ?

Sablier roucoula, s'agrippant plus fort au cou de Laurie.

Les jambes flageolantes, ils sortirent de la voiture. Julien promena ses doigts sur la carrosserie abîmée. Le pare-chocs avant traînait par terre. Les deux rétroviseurs extérieurs avaient explosé.

Nicolas était désolé pour son frère, qui tenait à sa voiture comme à la prunelle de ses yeux, presque autant qu'à sa planche de surf.

— Je me doutais bien que vous me cachiez quelque chose, les morveux ! grogna-t-il.

Nicolas baissa les yeux.

Julien reprit d'une voix essoufflée :

— Ce matin, j'ai vu une… une chose dans l'océan. Queue de poisson, griffes coupantes et dents de requin. Elle a voulu m'attirer au fond de l'eau. J'ai réussi à me libérer en lui donnant un coup de pied dans la mâchoire, ce qui n'a pas eu l'air de lui plaire.

Nicolas fronça les sourcils : Julien avait été attaqué par une sirène ! Mais comment avait-il obtenu la Vue ?

Il assaillit son frère de questions :

— Où étais-tu ? Tu surfais ? Qu'est-ce que tu avais sur toi ?

— Mon armure de chevalier, p'tite tête ! railla Julien.

— Dis-moi, c'est important, insista Nicolas.

— Je portais ma combi et mon porte-clés autour du cou, comme d'habitude.

Nicolas sentit les poils de sa nuque se hérisser. Il plissa les yeux et tourna la tête vers Laurie, qui, pour une fois, était très peu bavarde...

— Fais-moi voir ton porte-clés, Julien, ordonna-t-il.

Le jeune homme s'exécuta. Le pendentif que Laurie lui avait offert était passé dans l'anneau : un cœur en liège incrusté d'un autre cœur, en plastique, qui s'ouvrait. Et à l'intérieur…

— Un trèfle à quatre feuilles ! siffla Nicolas en braquant un regard furibond sur Laurie.

Celle-ci recula prudemment d'un pas : Nicolas était très en colère.

Julien exigea des explications :

— C'est à cause de ça que j'ai vu cette créature ?

— Les trèfles à quatre feuilles donnent la Vue à celui qui les porte, précisa Nicolas. Laurie en a glissé un dans ton pendentif… sans en parler, bien sûr.

— Il… il nous fallait du renfort ! se justifia la jeune fille.

— C'est un coup bas ! s'indigna Nicolas.

— Si je lui avais dit la vérité, il ne m'aurait jamais crue ! protesta Laurie.

— C'est parce que tu mens tout le temps ! cracha le garçon.

À cet instant, le cellulaire de Julien sonna.

— Papa ! s'écria le jeune homme. La maison a… Non… Non, tout le monde va bien… Charlène n'était pas rentrée de l'épicerie… Nous avons sauté dans la voiture… Nous sommes devant la pizzeria… D'accord, à tout de suite.

Il raccrocha :

— Papa nous attend en ville, à l'hôtel des Palmiers. En route !

L'appartement de l'hôtel des Palmiers était juste assez grand pour accueillir la famille Vargas : il comportait deux chambres communicantes et une salle de bain.

Quand Nicolas, Laurie et Julien arrivèrent, Paul était au téléphone avec un assureur. Il criait, exaspéré.

Laurie sortit de sa poche une laisse et attacha Sablier au tuyau sous le lavabo. Aussitôt, le hobgobelin se mit à mordiller la corde en nylon.

— Où as-tu trouvé cette laisse ? voulut savoir Nicolas.

— Dans les boîtes du garage.

« Dans les boîtes de maman, rectifia Nicolas en silence. Celles qui datent de l'époque où on avait un chat. »

Ensuite, les enfants s'enfermèrent dans leur chambre et s'affalèrent sur les lits. Ils étaient morts de fatigue.

Charlène les rejoignit une demi-heure plus tard, les bras chargés de sacs de nourriture. Elle avait les traits tirés. Le père de Nicolas l'embrassa, puis il sortit sans dire un mot : la police voulait l'interroger.

Quand il revint en fin d'après-midi, il avait les yeux rouges et la figure couverte de suie.

— Personne ne comprend comment le feu a pu se déclarer, lâcha-t-il. Tout a été détruit, même un camion de pompiers. C'est à devenir fou.

Il s'assit sur le lit, appuya les coudes sur ses cuisses et se cacha le visage dans les mains. Au bout de quelques secondes, il se tourna vers Laurie :

— Ils m'ont parlé de ce vagabond que tu connais. On raconte des choses étranges à son sujet. C'est un farfelu. Un illuminé.

— Ce n'est pas lui qui a allumé cet incendie !
déclara Laurie d'une voix haut perchée.

— Je n'ai pas dit ça, mais…

Nicolas se raidit. Charlène allait demander à
sa fille de quel vagabond il s'agissait. Le père de
Nicolas allait comprendre que Laurie lui avait
menti, et tout serait découvert !

Au lieu de cela, Charlène tendit à Paul une
cuisse de poulet en soupirant :

— Tu devrais avaler quelque chose.

Il prit la cuisse et mordit dedans sans rien
ajouter.

Quand leurs parents furent sortis de la chambre, les trois adolescents tinrent un conseil de
guerre. Pour Laurie, il n'y avait qu'une solution :
il fallait aller voir Jacquot. Lui seul saurait les
aider. Elle résuma à Julien leur rencontre avec le
chasseur de géants, et lui raconta comment il
s'était foulé la cheville.

— Qu'est-ce qu'on fait de Sablier ? demanda
Nicolas.

Laurie jeta un regard dans la salle de bain.

— Il s'est endormi sur le tapis, annonça-t-elle. On n'a qu'à le laisser ici.

Julien prit ses clés de voiture et ils s'éclipsèrent sur la pointe des pieds.

En arrivant chez Jacquot, ils virent une berline gris métallisé garée devant la maison du vieil homme. Appuyé contre le capot, un jeune Noir enlevait des grains de poussière imaginaires du revers de sa veste.

Nicolas frémit. Il était habillé comme un agent du FBI : complet-cravate, gants de cuir et lunettes de soleil. Pensait-il que le vieux chasseur avait quelque chose à voir avec l'incendie ? Il regarda mieux : l'homme ressemblait à un Men in Black.

Super ! Si ce type croyait aux aliens et aux extra-terrestres, il allait pouvoir prendre le relais. Terminée pour nous, la chasse aux géants.

Julien arrêta sa voiture dans l'allée. Nicolas descendit le premier. Dès qu'il l'aperçut, l'inconnu lui sourit avec gentillesse :

— Tu viens voir mon père, p'tit gars ?

Nicolas se renfrogna, déçu : ce n'était pas un agent ultra-secret, mais juste le fils de Jacquot le Miro. Le jeune Noir continua :

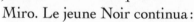

— Ce vieux grincheux a réussi à vous embobiner avec ses histoires de géants, n'est-ce pas ?

— Nous… embobiner ? répéta Nicolas. Vous voulez dire que vous n'avez jamais vu de créatures fantastiques ?

L'homme remonta ses lunettes sur son crâne et ébouriffa les cheveux du garçon. Quand celui-ci croisa son regard, un frisson le parcourut de la tête aux pieds.

— J'y croyais aussi, étant gosse, déclara l'homme.

— Où est Jacquot ? demanda Nicolas d'une toute petite voix.

— Quand mon père a commencé à devenir aveugle, ma femme et moi avons insisté pour qu'il vienne vivre avec nous. Il a refusé. Hier, il s'est foulé la cheville. Cette fois, c'est fini, l'indépendance ! Il fait ses bagages et il m'accompagne. C'est sans appel.

— Vous ne comprenez pas ! intervint Laurie avec véhémence. Les géants sont en train de se réveiller ! Je les ai vus !

— Moi aussi, affirma Nicolas.

— Tout comme moi, intervint Julien.

L'homme le considéra en fronçant les sourcils :

— Tu n'es pas un peu vieux pour croire à ces bêtises ?

La porte de la maison grinça. Ils se retournèrent : Jacquot descendait les marches du perron en s'aidant d'une canne. Il avait l'air encore plus fragile que la veille. Nicolas sentit son cœur se serrer. Il courut vers le vieil homme en s'écriant :

— Vous aviez raison ! Nous aurions dû tuer

ce géant, dans la clairière ! Il a détruit notre lotissement.

Le chasseur lui posa la main sur l'épaule :

— Je suis content que vous alliez bien, toi et ta sœur.

Il baissa la voix :

— J'ai laissé quelque chose pour vous derrière la maison.

— Rentre chez toi, petit, lança le fils de Jacquot dans le dos du garçon.

Le vieil homme cligna de l'œil et fourra un rouleau de feuilles de papier dans les mains de Nicolas.

— Je m'étais trompé, souffla-t-il. Je croyais que les géants se battaient pour conquérir un territoire ; or…

Nicolas déroula les feuilles. C'étaient les dessins qu'il avait vus lors de la première visite chez Jacquot : des géants qui crachaient du feu sur des mares de boue noirâtre, grouillantes de créatures reptiliennes. Lézards ? Crocodiles ? Comme les pages étaient numérotées, il constata qu'il en manquait plusieurs. Nicolas se souvint que Jared Grace avait emporté quelques croquis.

Je m'étais trompé.

— Ces géants sont des exterminateurs, poursuivit le chasseur dans un gémissement. Ils s'attaquent à une espèce de créatures féeriques.

— Dites-moi ce qu'il faut faire ! supplia le garçon.

Jacquot le Miro secoua la tête.

— Pas grand-chose ! Je suis trop vieux, et toi, trop jeune. Laisse tomber, p'tit gars ! Quitte la Floride. Va t'installer aussi loin d'ici que tu peux.

Le ton résigné de Jacquot ne plaisait pas du tout à Nicolas.

— S'il vous plaît ! implora-t-il. Je vous écouterai ! Je ferai tout ce que vous voudrez !

Sans répondre, Jacquot claudiqua jusqu'à la voiture de son fils, monta à l'arrière et claqua la portière.

*Tout ce qu'il y trouva fut une piscine
d'enfant à moitié affaissée.*

Chapitre septième

Où Nicolas découvre un navire et retrouve espoir

Dès que la voiture fut partie, emportant le chasseur de géants, Nicolas courut derrière la maison. Tout ce qu'il y trouva fut une piscine d'enfant à moitié affaissée. Une fine couche d'algues verdâtres recouvrait la surface de l'eau.

Une piscine? C'était donc ça, l'indice laissé par le chasseur? L'adolescent donna un coup de pied dedans. L'eau se déversa sur le sol avec un grand splash.

Nicolas rejoignit Laurie et Julien et lança:

— On rentre!

Il remonta dans la voiture, attacha sa ceinture, et Julien démarra.

— On ne peut pas abandonner ! s'écria Laurie. Les géants vont mettre la région à feu et à sang !

— Ce n'est plus mon problème, déclara Nicolas.

La jeune fille ouvrit des yeux grands comme des soucoupes :

— Non, mais j'hallucine !

Elle n'eut pas le temps de développer, car la voiture s'immobilisa dans un nid-de-poule et le moteur cala. Nicolas se cogna la tête contre la vitre. Julien tourna la clé et appuya sur l'accélérateur, en vain.

— La roue arrière est coincée dans le trou, annonça-t-il en ouvrant la portière. Viens m'aider à pousser, Nico.

Le garçon obéit. La cavité était énorme et remplie d'eau boueuse. Des morceaux d'asphalte flottaient à sa surface.

— Tu as déjà vu des nids-de-poule aussi profonds ? demanda Nicolas à son frère.

— Quelle poisse ! rouspéta Julien. Il doit y avoir des planches dans la grange de Jacquot. Va en chercher une, on va la mettre sous la roue.

Le plan de Julien fonctionna. Pendant que la voiture se dégageait, Nicolas songea qu'il était un lâche.

Car qui d'autre que lui empêcherait les géants de tout réduire en cendres ?

Dans la chambre de l'hôtel, Nicolas passa à nouveau une nuit blanche. Il relut le *Guide* d'Arthur Spiderwick en long, en large et en travers. À présent, il connaissait par cœur la double page sur les géants. Pourtant il ne trouva pas de solution miracle.

Et puis il se souvint de sa rencontre avec les auteurs des aventures des enfants Grace[1]. La femme aux cheveux noirs lui avait conseillé de lire des contes. Il prit la sacoche dans laquelle Laurie gardait ses livres préférés et en ouvrit un au hasard.

À la page 45, il découvrit *Le joueur de flûte de Hamelin*, l'histoire d'un musicien qui entraîne une meute de rats hors de la ville grâce à une

1. Voir *Le chant de la naïade*.

flûte enchantée. Il les avait ensorcelés, presque comme Taloa, quand elle avait chanté au géant sa chanson magique : tant qu'elle poursuivait, il restait calme. Et si c'était une idée ?

Problème n° 1 : Taloa avait disparu. Problème n° 2 : même si Nicolas la retrouvait, voudrait-elle l'aider ? Elle devait être drôlement en colère…

Soudain, le garçon songea à une autre créature décrite dans le *Guide*. Un être capable de chanter des mélodies envoûtantes, qui captiveraient peut-être les géants.

Il reposa la tête sur l'oreiller, le cœur plus léger.

C'était décidé : demain, il partirait à la recherche d'une sirène.

— On retourne à La Mangrove pour voir l'étendue des dégâts, annonça le père de Nicolas le lendemain matin.

Le lotissement présentait un spectacle de désolation. Toutes les pelouses avaient brûlé. Partout, des blocs de béton, des bouches d'incendie ouvertes, des maisons éventrées. Au milieu du trottoir béait un trou énorme, pareil à un cratère.

La maison des Vargas était en ruine. Des vêtements éparpillés parmi les décombres formaient des taches colorées. Nicolas aperçut la télé, coupée en deux.

Il enjamba une poutre encore fumante. Il espérait récupérer quelques affaires : un jeu vidéo, son t-shirt préféré, son vieux nounours à l'œil arraché…

— Nicolas ! gronda son père. Reviens ! C'est dangereux !

Le garçon aperçut le cendrier en plâtre qu'il avait fabriqué à la maternelle pour la fête des Pères. Il était en miettes.

— Nicolas ! cria Paul.

Là-bas ! Ce qui restait de sa chambre. Sa console de jeux, complètement fondue. Et puis - miracle ! - Nicolas trouva la maquette du drakkar. Intacte.

Il tendit la main, se pencha en avant et... en glissant, se blessa le pied sur un gros clou qui sortait d'une planche.

— Aïe !

— Je t'avais dit de rester près de la voiture ! le sermonna son père.

Nicolas revint en boitant, le bateau serré contre lui. Il avait le pied en sang, mais quelle importance ?

— On doit t'amener à l'hôpital, déclara sa belle-mère. Tu as besoin d'un vaccin contre le tétanos. Le clou s'est enfoncé très profondément.

— Ah, bravo ! tempêta Paul.

— Inutile de crier, répliqua Charlène. Ce qui est fait est fait.

— Je crierai si je veux crier ! s'égosilla le père de Nicolas. Ce gamin s'obstine à faire des

Nicolas trouva la maquette du drakkar.

bêtises ! Comme si je n'avais pas assez de problè-
mes avec le lotissement détruit!

Nicolas explosa :

— Je m'en fiche! J'ai réussi à sauver le drakkar que m'avait offert maman ! J'essaie de récupérer des souvenirs, et toi, tu ne penses qu'à ton
lotissement !

— Silence ! hurla son père.

Nicolas se tourna vers Laurie, les narines
dilatées. La jeune fille fixait les décombres en
tremblant. Elle était au bord des larmes.

— Tu vas pas chialer ! lâcha le garçon dans
un accès de rage. Ce n'était même pas ta vraie
maison.

Laurie lui lança un regard blessé et se mit à
pleurer pour de bon.

Nicolas se mordilla la lèvre. Cette fois, il était
allé trop loin !

*Cindy serrait dans sa main le porte-clés
de Julien.*

Chapitre huitième

Où l'on conclut un dangereux marché

La situation frôlait la tragédie : Nicolas avait le pied bandé et le bras ankylosé à cause de la piqûre. Il n'avait plus de maison. Il mangeait des pizzas caoutchouteuses à chaque repas.

Et, pour couronner le tout, son père lui faisait la tête.

Paul regardait en boucle les informations télévisées. On y voyait La Mangrove dévastée et deux autres quartiers résidentiels en flammes. Nicolas avait l'impression de voir les images d'un pays en guerre.

La réaction de son père le décevait. Dans les films de catastrophe, quand les héros vivent une expérience traumatisante, ils se jettent dans les bras l'un de l'autre et pleurent à chaudes larmes.

Ils ne se disputent pas à cause d'un vieux clou rouillé ou d'une maquette de bateau.

On frappa à la porte. C'était Cindy, la petite amie de Julien.

— Viens, murmura le jeune homme en l'entraînant vers la salle de bain. J'ai quelque chose à te montrer.

Le cœur de Nicolas bondit dans sa poitrine : Julien n'allait tout de même pas dévoiler à Cindy l'existence de Sablier ! Le garçon les suivit en boitillant, imité par Laurie, elle aussi inquiète.

Ils trouvèrent Cindy accroupie devant le lavabo sous lequel se tapissait Sablier. Elle serrait dans sa main le porte-clés de Julien.

— Ça alors ! souffla-t-elle. Je n'ai jamais vu un truc pareil...

Nicolas lança un regard noir à son frère :

— Tu n'as qu'à mettre tout le quartier au courant !

— Pas si fort ! le rabroua son frère.

— Je pensais que tu garderais le secret, Julien, chuchota Laurie, déçue.

— Bienvenue au pays des frères aînés ! grinça Nicolas. Ils se croient tout permis.

Laurie donna à Sablier un morceau de pizza. La créature l'engloutit d'un seul coup.

Nicolas se tourna vers Cindy : puisque la jeune fille possédait la Vue, autant lui apprendre l'existence des géants.

— Tu sais qui a mis le feu à La Mangrove ? lui demanda-t-il.

— Un pyromane, non ? C'est ce que disent les journalistes, en tout cas.

Le garçon se contenta de lever les yeux au ciel. Ce fut Julien qui raconta à Cindy comment ils avaient échappé aux géants. La jeune fille l'écouta, incrédule, puis inquiète. Quand il eut fini, elle semblait terrorisée.

— J'ai peut-être trouvé un moyen de défense, déclara Nicolas. Les naïades et les sirènes envoûtent leurs victimes par leur chant. Si on persuadait l'une d'elles d'attirer les géants loin d'ici, on serait tranquilles pour un bout de temps.

— Taloa est partie, fit remarquer Laurie. Heureusement, sinon, elle serait morte dans l'incendie.

— Julien a rencontré une sirène, hier, reprit le garçon. Il suffirait qu'elle entraîne les géants dans l'océan. Là, ils pourront cracher leurs flammes tant qu'ils voudront, ils ne détruiront plus rien !

— Génial, p'tite tête, railla Julien. Explique-moi seulement comment tu comptes convaincre une sirène de nous aider. Celle que j'ai croisée n'avait pas l'air très coopérative !

— Peut-être qu'elle a eu peur de ta planche de surf ? intervint Laurie.

— C'est ça ! ricana Julien. Elle l'a prise pour un requin qui se balade sur le dos !

Laurie lui tira la langue avant de poursuivre :

— Jacquot nous a dit que, parfois, les géants hibernaient sous l'eau. Ils ne se noieront pas, ils vont juste s'endormir…

— …ce qui nous laissera le temps de passer à la phase finale : l'élimination, enchaîna Nicolas.

Julien renifla, attrapa ses clés et s'exclama :

— Ça vaut le coup d'essayer. En piste ! Il faut se débarrasser de ces gros pleins de soupe !

— Chut ! fit Nicolas, les parents vont nous entendre. Quant à ta voiture, avec son pare-chocs déglingué, elle n'est pas très discrète.

— On n'a qu'à prendre celle de papa, décida Julien. J'ai le double des clés.

Laurie ramassa sa sacoche, détacha la laisse de Sablier et sortit dans le couloir. Docile, la créature trottina derrière elle.

Nicolas laissa passer Julien et Cindy et referma sans bruit la porte de leur chambre. Ils longèrent le couloir de l'hôtel dans le noir.

La plage qui s'étendait au bout de la péninsule portait le nom évocateur de Rochers rugissants. C'était un endroit très prisé des surfeurs. Au large, des rochers déchiquetés formaient une barrière de récif. Les vagues venaient s'y fracasser en grondant.

Le vent soulevait des tourbillons de sable. Dans la pénombre, les enfants ressemblaient à des fantômes.

Cindy releva la capuche de son blouson et demanda :

— C'est quoi, la suite du programme ? Nicolas va plonger et nous ramener une sirène ?

L'intéressé scruta les eaux noires et avala sa salive. Pas question de nager dans un océan infesté de requins et de créatures féeriques ! Il s'approcha de l'eau, mit ses mains en porte-voix et appela :

— Ohé ! Les sirènes !

Cindy pouffa.

— Regardez ! s'écria Laurie en désignant le récif au loin.

Des formes noires glissaient dans les vagues et se dirigeaient vers le rivage. De loin, Nicolas les avait prises pour un amas d'algues. Cindy, elle, ne distinguait que des morceaux de bois flotté charriés par les flots.

Soudain, à quelques mètres de la côte, cinq sirènes sortirent la tête de l'eau. Elles avaient des yeux couleur de lune. Leur longue chevelure flottait à la surface, pareille à des tentacules.

Le chant qui s'éleva dans la nuit fit frémir Nicolas. Les sirènes ne chantaient pas comme Taloa. Elles parlaient à l'unisson, d'une façon mélodieuse.

— *Qui appelle ?* demandèrent-elles.

— C'est... c'est moi, bafouilla Nicolas. J'ai besoin de votre aide.

— *Nous n'aidons pas les créatures terrestres, petit bipède ! Vous détruisez la nature. Chaque jour, nos sœurs périssent à cause des déchets que vous jetez à l'eau.*

Cindy se pencha à l'oreille de Julien :

— Ton frère est devenu maboul, ou quoi ? Voilà qu'il parle tout seul !

Qui appelle?

Se souvenant que la jeune fille ne possédait pas la Vue, il lui prit la main. Cindy ouvrit des yeux ébahis.

— Tu les vois, maintenant ? chuchota-t-il.

Sans un mot, elle fit « oui » de la tête.

— Je vous en prie ! insista Nicolas. Les géants sont en train de tout brûler. Pourriez-vous les attirer dans l'océan ?

— *La terre doit brûler pour être purifiée*, répondirent les sirènes. *Ainsi, vous apprendrez peut-être à respecter votre monde, bipèdes.*

Les créatures crachèrent ce dernier mot avec rage.

Nicolas pensa aux plages polluées. Aux baleines échouées. Aux marées de pétrole dans lesquelles les mouettes venaient s'engluer. Les sirènes avaient de quoi être en colère.

Super-Laurie décida de mettre son grain de sel :

— Que voudriez-vous en échange ?

Les créatures dirigèrent leurs yeux pâles vers la jeune fille.

— *Un poisson*, psalmodièrent-elles. *Une espèce qui n'a jamais nagé dans nos eaux.*

— Si nous vous donnons un poisson que vous ne connaissez pas, vous nous aiderez à nous débarrasser des géants ?

SIRÈNE

— *Une chanson contre un poisson. Nous n'avons qu'une parole.*

— Et… et si nous n'arrivons pas à en trouver un ? s'enquit Nicolas en tremblant.

Les sirènes rampèrent sur le sable, encerclèrent Julien et répondirent :

— *Alors, nous garderons ce bipède.*

À ces mots, elles tendirent leurs mains griffues et, d'un coup sec, saisirent la jambe de

Julien. Le jeune homme hurla et tomba dans l'eau. Il eut beau se débattre, en quelques secondes, il disparut sous les flots.

— Julien ! cria Nicolas.

Les sirènes éclatèrent d'un rire mélodieux et annoncèrent :

— *Vous avez jusqu'à l'aube.*

Nicolas attrapa le rideau, avec Sablier emprisonné dedans.

Chapitre neuvième

Où l'on est témoin d'un étrange enlèvement

Nicolas, Cindy et Laurie s'étaient enfermés dans la voiture de Paul. Nicolas était oppressé ; il avait l'impression d'avoir avalé du coton. Sablier, blotti contre Laurie, se tenait le dos voûté, les oreilles basses.

— Nous aurions dû réagir ! gémissait Cindy. Nous aurions dû sauver Julien.

— C'est ce que nous allons faire ! affirma Laurie.

Nicolas la fusilla des yeux :

— Eh bien, il faudrait se grouiller ! On n'a que la nuit ! Si on échoue, Julien restera au fond de l'océan. Pour toujours !

Cindy sanglota. Nicolas, qui avait besoin de se défouler sur quelqu'un, choisit Laurie :

— Tu ne pouvais pas t'occuper de tes oignons ? Où comptes-tu trouver un poisson que les sirènes ne connaissent pas, hein ? L'Atlantique est immense… Des poissons, il y en a des tas, et de toutes sortes !

Laurie caressa la tête de Sablier.

— Si on achetait un poisson en plastique ? proposa-t-elle d'une petite voix.

— Le plan d'enfer ! persifla Nicolas. Les sirènes n'y verront que du feu !

— Alors, pourquoi ne pas essayer de peindre un poisson rouge… en bleu, par exemple ?

Le garçon regarda Laurie comme si elle avait perdu la tête.

— Tu en as d'autres idées géniales ? grommela-t-il.

Laurie baissa les yeux.

Nicolas se massa les tempes. Réfléchir ! Trouver une solution, et vite.

Les sirènes voulaient « un poisson qui n'avait jamais nagé dans leurs eaux ». Et si... Il leva l'index : il y avait peut-être un moyen de les satisfaire !

— Il existe plusieurs mers..., commença-t-il. Des mers que les sirènes n'ont jamais visitées. La mer Caspienne, la mer Rouge, la mer Morte...

Les mains serrées sur le volant, Cindy lui jeta un regard admiratif :

— Tu es super fort en géographie !

— Et comment sais-tu que les sirènes n'ont jamais nagé dans ces mers ? répliqua Laurie.

— Parce qu'elles sont entourées de terres, rétorqua Nicolas. Ni les sirènes ni les poissons ne savent marcher, figure-toi ! Les poissons de là-bas sont différents de ceux de l'Atlantique... Du moins, je l'espère. Il suffit d'en trouver un.

— Pas bête ! commenta Cindy, qui sembla entrevoir un espoir. Mon père a un aquarium. Il n'aime pas qu'on s'en approche, mais je pense qu'il fera une exception pour toi.

Nicolas poussa un gros soupir de soulagement. Il était tellement content qu'il aurait pris la jeune fille dans ses bras.

La maison de Cindy aurait pu figurer dans un prospectus de vacances : des bougainvillées roses retombant sur la façade principale, sous le porche, une balancelle et une lanterne en fer forgé suspendue aux poutres.

— Pourquoi tu emmènes cette horreur ? grogna Nicolas en avisant la créature pendue au cou de Laurie.

— Il s'ennuierait, tout seul, répliqua la jeune fille.

Cindy se tourna vers eux et murmura :

— J'ai un plan. Toi, Nico, tu vas t'inventer une passion pour les poissons. Pendant que mon père t'assommera d'info, Laurie essayera d'en attraper un.

— Et si on se fait prendre ? s'inquiéta Nicolas.

Cindy lui jeta un regard alarmé.

— On n'a pas intérêt ! lâcha-t-elle en ouvrant la porte d'entrée.

Les parents de la jeune fille regardaient le journal télévisé. Un aquarium gigantesque trônait au milieu du salon. Des centaines de poissons colorés évoluaient dedans.

— Julien n'est pas avec toi ? s'enquit la mère de Cindy. Comment va-t-il ?

— Très bien, mentit la jeune fille. Maman, je te présente Nicolas, le petit frère de Julien, et Laurie, la fille de leur belle-mère. Julien nous rejoindra tout à l'heure.

Nicolas eut du mal à cacher sa surprise et faillit s'étrangler : Cindy mentait avec le même aplomb que Laurie.

— Nicolas aimerait s'acheter un aquarium... quand leur maison sera reconstruite, annonça Cindy.

Son père leva un sourcil :

— Voilà une idée passionnante !

Nicolas bredouilla :

— Oui... Euh... je voudrais rassembler des poissons des mers du monde entier. Et...

Du coin de l'œil, il vit Laurie contourner le canapé et se diriger vers l'aquarium, Sablier perché sur son épaule.

— Pfiou ! siffla le père de Cindy. Tu ne choisis pas la facilité ! Les poissons des mers chaudes exigent des soins particuliers. Ce n'est pas comme si tu élevais un cochon d'Inde !

— D'où vient ce gros poisson bleu avec une tache jaune ? voulut savoir Nicolas.

— Ah ! Tu as l'œil, mon garçon ! C'est un poisson-chirurgien de la mer Rouge. Mon préféré.

Un poisson de la mer Rouge... Bingo !

— Vous avez des documents sur cette espèce ? reprit l'adolescent pour faire diversion.

Le père de Cindy s'empara d'une encyclopédie rangée sous la table basse.

Entre-temps, Laurie avait trouvé une épuisette et un gros vase en verre. Elle enleva les fleurs qu'il contenait, tira un tabouret vers l'aquarium et grimpa dessus. Le père de Cindy invita Nicolas à s'asseoir sur le canapé et commença à lui montrer des photos de fonds sous-marins.

Parfait. Ils tournaient le dos à Laurie.

La jeune fille enfonça le vase dans l'aquarium. Une grosse bulle éclata à la surface de l'eau. Le poisson bleu se cacha derrière une branche de corail.

— Comment s'appelle ce poisson orange et blanc ? demanda Nicolas en désignant une photo.

En réalité, il avait très bien reconnu le poisson-clown.

Normal, il avait vu dix-huit fois *Trouver Nemo*.

Soudain, le rideau du salon se décrocha de sa tringle. Tout le monde sursauta. Empêtré dans les voilages, Sablier se mit à bêler.

Laurie en profita pour plonger carrément la main dans l'aquarium et rabattre le poisson-chirurgien dans le vase.

— Hé ! s'écria le père de Cindy. Repose ça tout de suite !

Laurie sauta du tabouret. Nicolas attrapa le rideau avec Sablier emprisonné dedans. Cindy ouvrit la porte d'entrée et tous les trois se ruè-rent vers la voiture.

Tandis que la berline noire démarrait sur les chapeaux de roue, Nicolas se dit qu'ils s'étaient mis dans de beaux draps.

Le cellulaire de Cindy sonna pour la qua-
trième fois. Elle l'éteignit sans desserrer les dents
et se cramponna au volant.

Toujours emmêlé dans le rideau, Sablier se
contorsionnait comme un fou en poussant des
cris suraigus.

— Tu ne veux pas le libérer ? supplia Laurie
en serrant contre elle le vase dans lequel s'agitait
le poisson jaune et bleu.

Nicolas fut inflexible :

— Il n'avait qu'à pas jouer les Tarzan avec les
rideaux. Il est puni.

Nicolas fouilla dans la sacoche de Laurie.
Dans son *Guide*, Arthur Spiderwick conseillait
à quiconque souhaitait rencontrer une créature
fantastique de bien s'organiser. De se munir
d'objets spéciaux. Nicolas soupira. Comment
se préparer à l'affrontement avec des sirènes
perfides ?

Soudain, il claqua des doigts.

Il avait une idée.

Ils arrivèrent sur le rivage. Sablier eut le droit de s'asseoir sur la banquette arrière, à condition d'être sage. Dès que Nicolas, Cindy et Laurie furent descendus de voiture, le hobgobelin entreprit de grignoter les sièges en cuir.

Laurie traversa la plage, lança ses sandales et entra dans l'eau.

— Ohé, sirènes ! s'époumona-t-elle. Nous avons votre poisson !

Les vagues s'écrasaient contre les rochers. Le vent avait forci. Laurie s'enfonça dans l'eau jusqu'aux mollets.

— Fais attention, l'avertit Nicolas.

Les sirènes émergèrent des flots sans prévenir.

— Re… regardez, balbutia Laurie en tendant le vase devant elle.

Les créatures examinèrent de près le poisson-chirurgien, les yeux écarquillés. Subjuguées, elles se mirent à sauter à la manière des dauphins, leurs queues d'hippocampe soulevant des gerbes d'écume. Laurie fut trempée de la tête aux pieds.

— *Qu'il est beau !* chantaient les sirènes. *Il a la couleur de la mer et du soleil. Vous avez gagné votre pari, bipèdes.*

— Alors, libérez mon frère! exigea Nicolas.

Une créature plongea et reparut quelques secondes plus tard, Julien dans ses bras. Cindy s'élança dans l'eau, prit son ami sous les aisselles et le traîna sur la plage.

Une sirène s'empara du vase.

— Et notre marché ? s'écria Nicolas.

Une autre créature nagea jusqu'au rivage et s'allongea sur le sable mouillé. Le collier de coquillages, de capsules de bière et d'éclats de corail qu'elle portait autour du cou tinta légère-ment. Elle battit des cils, agita ses oreilles en forme de nageoires et annonça :

— *Je vais chanter, bipède.*

Nicolas se raidit. Il avait un peu peur.

Et la sirène chanta.

Imaginez le bruit du ressac sur la grève. Celui des vagues sur les rochers. De la tempête en

Qu'il est beau!

pleine mer. C'était un chant hypnotique, puissant, beau et terrifiant à la fois.

Lorsque la sirène se tut, Nicolas avait le visage baigné de larmes.

— *Une chanson contre un poisson. Nous avons rempli notre contrat*, fredonna la créature en riant.

Et elle disparut dans les flots, imitée par ses sœurs.

— Attendez ! hurla Laurie. Vous nous aviez promis d'attirer les géants dans l'océan ! Revenez !

Seul le bruit des vagues fit écho à ses paroles.

La jeune fille tomba à genoux dans le sable. Cindy se prit la tête entre les mains, désespérée. Julien tituba jusqu'à son frère.

Il s'arrêta net en constatant que Nicolas souriait.

— Tu trouves ça drôle ? cria Laurie en lui lançant une poignée de sable.

Sans un mot, le garçon sortit de sa poche le dictaphone de Laurie. Il appuya sur le bouton

Le chant de la sirène s'éleva dans la nuit.

« lecture ». Le chant de la sirène s'éleva dans la nuit.

Le sourire de Nicolas s'élargit :

— J'ai suivi le conseil d'Arthur Spiderwick. Il ne cesse de le répéter : « Ne *jamais* faire confiance à un être fantastique. »

Oui, moi savoir !

Chapitre dixième

Où un vaisseau prend le large

Julien marchait comme un somnambule, l'air hagard, mais il était sain et sauf. C'était l'essentiel. Personne n'osa lui demander de raconter son expérience. Nicolas doutait fort que le royaume des sirènes ressemblât au monde de Nemo…

— Reste à trouver les géants, lança Laurie une fois qu'ils furent installés dans la voiture.

Nicolas jeta un regard à Sablier, qui s'était attaqué à l'intérieur des sièges en cuir.

— Sablier sait où ils sont, lâcha-t-il.

— Oui, moi savoir ! approuva la créature en recrachant des bouts de rembourrure.

— Alors, montre-nous le chemin ! ordonna Laurie.

Les yeux du petit monstre s'agrandirent :

— Oh ! Non ! Non-non-non !

Nicolas lui prit les pattes de devant et demanda :

— Tu nous aideras si on promet de te relâcher ?

— Dans tes rêves ! protesta Laurie.

— Tu as une meilleure idée pour le convaincre ?

La jeune fille gratta Sablier derrière les oreilles. Il la regarda avec de grands yeux innocents.

Laurie murmura :

— J'aurais tellement aimé te garder près de moi... Comme Simon avec Byron[1]... Bon, d'accord, capitula-t-elle au bout d'un moment. Je te rendrai la liberté.

Le visage de la créature se fendit en un large sourire :

— Et humaine donner moi bonne nourriture ?

1. Voir *Les chroniques de Spiderwick*. L'intégrale.

— Tu auras tout ce que tu veux, déclara Cindy. Promis.

Nicolas la bâillonna de la main et lui asséna d'un ton autoritaire :

— Ne *jamais* rien promettre à une créature fantastique !

Nicolas avait un plan. Ou, plutôt, le début du commencement d'une ébauche de plan. Un plan qui avait une chance sur mille de réussir.

Cindy gara la voiture devant l'hôtel des Palmiers. Julien, qui avait repris ses esprits, alluma son cellulaire et grimaça :

— Étape n° 1 : passage à savon en bonne et due forme. J'appelle papa.

Nicolas se mordit la langue. D'habitude, Julien faisait tout pour éviter les ennuis. Mais Nicolas devait récupérer quelque chose dans sa chambre d'hôtel. Il fallait donc créer une diversion.

Il se glissa hors de la voiture, traversa la rue et pianota le digicode. Une fois à l'intérieur, il se figea : on entendait les hurlements de son père jusque dans le couloir.

— J'ai cru qu'on m'avait volé la voiture ! fulminait Paul.

Nicolas entra sans bruit dans sa chambre et s'empara de la maquette du drakkar.

Dans la pièce voisine, son père tonitruait :

— Julien, si tu refuses de me dire où vous êtes, j'appelle la police !

Nicolas se précipita dans le couloir, sauta dans l'ascenseur, retraversa la rue et s'engouffra dans la berline.

Nicolas sauta dans l'ascenseur.

Julien était rouge jusqu'aux oreilles : il venait de raccrocher au nez de son père.

— Étape n° 2 : transformation du bateau en chaîne stéréo, déclara Julien.

Nicolas avait d'abord suggéré que Julien raccorde le dictaphone aux haut-parleurs de la voiture. Il comptait passer le chant de la sirène en boucle. Mais Julien avait répliqué : « Comment attirer les géants vers le large ? En roulant dans la mer, jusqu'à ce qu'on se noie ? »

Laurie était alors intervenue :

« Il nous faudrait un bateau… »

D'où le besoin de récupérer le drakkar. Nicolas envisageait d'y fixer le dictaphone et de faire avancer la maquette motorisée sur les flots. Pour lui, c'était un sacrifice énorme, mais le jeu en valait la chandelle.

Cindy gara la voiture dans le parc de stationnement d'un supermarché ouvert jour et nuit. Nicolas lui tendit une liste de courses :

– Fils électriques

– Deux chaînes hi-fi

– Carte de la Floride

– Maïs soufflé

– Ficelle (solide)

Lorsqu'elle revint avec ses achats, Laurie et Nicolas déplièrent la carte de la région sur le capot de la voiture. Le garçon passa la ficelle autour du cou de Sablier et agita sous son nez le maxi-paquet de maïs soufflé.

— Voici la règle du jeu, expliqua-t-il à la créature. Pour chaque emplacement de géant révélé, tu auras droit à une poignée de maïs soufflé.

Sablier posa aussitôt une griffe sur la carte. Laurie traça une croix à l'endroit indiqué et Nicolas tendit sa récompense au hobgobelin.

Ils répétèrent l'opération plusieurs fois. Pendant ce temps, Julien, l'as de la syntonisation, bricola deux amplificateurs : un pour le drakkar et un, plus puissant, pour la voiture, ce qui lui prit une bonne heure. De temps à autre, le regard du jeune homme se perdait dans le vide. Nicolas l'observait avec inquiétude : était-ce des séquelles de son séjour au royaume des sirènes ?

— J'espère que les écrans acoustiques ne feront pas couler le bateau ! dit Cindy.

Nicolas haussa les épaules. Les haut-parleurs, ce n'était qu'un détail. Lui craignait surtout de se faire carboniser par un géant.

— Prêt ! annonça Julien.

Il brandit le bateau miniature. Il avait dû arracher la voile pour attacher le dictaphone et les écrans acoustiques au mât. Nicolas grimaça, mais se tut : c'était pour la bonne cause.

— La marée basse commence vers cinq heures du matin, fit observer Cindy. Ce qui nous laisse environ quatre heures pour rassembler les géants.

— C'est faisable, affirma Nicolas. Sablier a délimité un périmètre de quarante kilomètres à partir d'ici.

— Alors, en voiture, les jeunes ! claironna Julien, qui semblait à présent tout à fait réveillé.

Nicolas monta dans la berline de son père. La peur lui tordait l'estomac. Pourtant, il était heureux de partager cette aventure avec son grand frère. Une drôle de lueur brillait dans le regard de Julien depuis que Nicolas l'avait arraché des griffes des sirènes.

Une lueur de respect et d'admiration.

La voiture suivait la route qui serpentait entre les arbres, toutes vitres ouvertes, les phares balayant la forêt. Les haut-parleurs diffusaient la complainte de la sirène. Lancinante. Effrayante.

Ils roulaient ainsi depuis un bon moment et ne voyaient toujours pas l'ombre d'un géant. Nicolas commençait à croire que Sablier avait tout inventé.

Soudain, la terre trembla, et trois monstres surgirent devant eux. Nicolas hurla à s'abîmer les cordes vocales. Julien donna un coup de volant pour les éviter. Nicolas, le cœur jouant des cymbales, se retourna par la fenêtre.

— Mets les gaz ! cria-t-il à son frère. Ils nous suivent !

Il ne put s'empêcher de sourire. Son plan fonctionnait !

Assise à l'arrière, Cindy suivait l'itinéraire du doigt, la carte dépliée sur les genoux :

— À gauche ! Deuxième à droite ! Continue tout droit ! On y est presque !

— Plus viiite ! s'époumona Laurie.

Nicolas se dévissait le cou. D'autres géants sortaient des bois et se joignaient aux premiers. Toujours aussi gros. Toujours plus nombreux. Un géant qui court, c'est impressionnant. On dirait une montagne avec des jambes. Ça laisse dans l'asphalte des trous ronds, très profonds. Alors, une meute de géants… Bientôt, une bonne cinquantaine de monstres rugissants dévalaient la route.

Nicolas aperçut la lumière des réverbères qui bordaient la côte. Enfin ! Encore quelques mètres, et la voiture franchirait le pont basculant qui menait à la plage.

Brusquement, Julien écrasa la pédale de frein.

— T'es dingue ? s'emporta Nicolas, qui avait failli se frapper le nez contre le pare-brise.

Mais son frère avait eu raison de piler : les gyrophares du pont clignotaient ; la barrière s'abaissait. Les deux travées commencèrent à se lever pour laisser passer un voilier.

Plus le temps de réfléchir ! Nicolas éjecta la cassette, attrapa la maquette et se précipita hors de la voiture, ignorant le raffut que faisaient les géants. Il glissa la cassette dans le dictaphone fixé sur le drakkar.

Il sauta de côté : l'un des monstres avait essayé de l'écraser. Raté ! Le poing du géant s'abattit sur le sol. Une odeur d'humus et de pierre mouillée envahit l'atmosphère.

Nicolas appuya sur « lecture ». Il poussa un soupir de soulagement : dès que la sirène reprit sa mélopée, le géant se désintéressa de lui.

En avant ! Direction : le bout du pont. Nicolas oublia ses kilos en trop. Il fonça sur le tablier qui continuait à se lever. Faillit faire tomber le drakkar. Ignora la douleur qui lui vrillait le talon. Son doigt glissa lorsqu'il voulut mettre

*Nicolas s'accrocha à la barrière
et lâcha le bateau.*

le petit moteur en marche. Il réessaya, les mains tremblantes.

L'hélice miniature vrombit enfin. Ouf! Le pont était presque à la verticale. Nicolas s'accrocha à la barrière et lâcha le bateau, qui fut happé par une vague.

Dans les enceintes, le chant de la sirène se tut.

Le géant leva son poing, énorme... Nicolas se cramponna à la rambarde et ferma les yeux.

À l'instant même, la sirène se remit à chanter. Le monstre poussa un grognement étonné, puis se figea.

Quand le garçon osa rouvrir les yeux, les travées du pont commençaient à redescendre. Le drakkar s'éloignait vers l'horizon. Tous les géants, immobiles, le suivaient des yeux, fascinés.

Soudain, les mastodontes arrachèrent la barrière et se jetèrent dans le vide. Nicolas se pencha : on ne voyait plus que le sommet de leur crâne. On aurait dit des petites îles moussues qui rebondissaient à la surface de l'eau.

Puis, un par un, les géants disparurent dans les profondeurs sous-marines.

Le garçon se laissa glisser le long du pont mobile et rejoignit Julien, Cindy et Laurie. Ils avaient réussi !

Au loin, le soleil se levait, couvrant d'or les flots de l'océan.

Qu'est-ce que vous faites là?

Chapitre onzième

Où d'anciens héros reviennent (avec d'inquiétantes nouvelles)

Ils prirent un solide petit-déjeuner à la terrasse d'un café sur le port. Nicolas, qui croyait qu'il ne pourrait rien avaler, s'aperçut qu'il mourait de faim. Il mangea comme un ogre.

Julien déposa Cindy devant chez elle avant de retourner à l'hôtel des Palmiers. La rue était déserte. La rosée faisait scintiller les cornouillers rouge et mauve.

Nicolas descendit de voiture en bâillant, traversa la route… et s'arrêta net.

Jared, Simon et Mallory Grace étaient assis sur les marches de l'hôtel.

— Qu'est-ce que vous faites là ? lâcha-t-il.

Mallory se leva. Avec ses cheveux coupés au

carré, elle paraissait plus vieille que dans les livres.

— Nous avons trouvé de l'information sur les géants, déclara-t-elle d'un air sombre.

— Ce n'est plus la peine ! lança Laurie avec un sourire. Nous nous en sommes débarrassés. Il était moins une !

— C'est ma faute, avoua Jared sur un ton penaud. Je n'aurais pas dû prendre les croquis chez le vieux Jacquot. Ils contenaient des indications essentielles.

Nicolas sentit un frisson glacé lui parcourir le dos.

Simon se leva à son tour :

— Les géants ne se sont pas réveillés par hasard. Ils avaient une mission : tuer une espèce féerique très dangereuse.

— Alors, Jacquot avait dit vrai… murmura Nicolas.

— Les géants ne sont pas méchants, enchaîna Jared. En revanche, les créatures qu'ils tentaient d'exterminer sont des êtres cruels et malfaisants.

— Il va falloir s'en occuper, conclut Simon.

Nicolas avala sa salive, épaisse comme de la glu.

Il avait sauvé le monde ? Bien au contraire ! Il venait d'éliminer leurs bienfaiteurs !

Fin du
Livre Deuxième

Une fois brisé
Le cycle naturel,
De grands dangers
Soudain se réveillent.

LES
ENFANTS GRACE

Seules l'amitié
Et l'aventure
Feront renaître
La nature.

Nos amis les géants
Doivent rentrer chez eux.
Parcourir les océans
Ne les rend pas heureux.

GÉANT

On a bien besoin d'eux sur terre
Pour réprimer fureur et colère

Et nos amies des eaux
– Naïades et sirènes –
Cruelles, capricieuses,
Ô combien malicieuses,

TALOA

Doivent renoncer sans tarder
À leurs sombres projets,
Et travailler main dans la main
Avec leurs amis les humains.

Car de leur alliance dépend
Un très heureux dénouement.

LES ENFANTS VARGAS

À propos de TONY DITERLIZZI...

Né en 1969, Tony grandit en Floride et étudie le dessin et les arts graphiques à l'université. Il ne tarde pas à se faire remarquer comme dessinateur, grâce à *Donjons et Dragons* et au jeu de cartes à collectionner *Magic : L'Assemblée*. Il écrit aussi des séries pour lecteurs débutants, et illustre des auteurs-vedettes, dont un certain J.R.R. Tolkien. Retrouvez Tony et son chien, Goblin, sur www.diterlizzi.com.

... et de HOLLY BLACK

Née en 1971, Holly grandit dans un manoir délabré, où sa mère lui raconte des histoires de fantômes et de fées. Auteur de poésies et d'un «conte de fées moderne» très remarqué, *Tithe*, elle vit dans le Massachusetts, avec Theo, son mari, et une étonnante ménagerie. Pour en savoir plus, rendez-vous sur www.blackholly.com !

Remerciements

Tony et Holly remercient Kevin, leur fidèle
et fantastique guide durant cette aventure,
Linda pour sa carte du lotissement
La Mangrove (et ses délicieux spaghettis !),
Cassie, Cecil, Kelly et Steve, pour leur
intelligence, Barry pour son aide si précieuse,
Ellen, Julie et tout le monde à Gotham,
Will pour avoir si bien conseillé Tony dans
son travail, Theo pour sa patience et son
soutien, Angela (et Sophia). Encore plus
de Spiderwick ! Encore des nuits blanches
passées à discuter ! Mais cette fois,
heureusement, sur une plage ensoleillée
de Floride...

Merci enfin à toute la formidable équipe
de Simon & Schuster pour son soutien
dans la réalisation de ce nouveau chapitre
des aventures de Spiderwick.